Trīs Āzīši Skarbulīši
The Three Billy Goats Gruff

retold by
Henriette Barkow

illustrated by
Richard Johnson

Latvian translation by Ilga Mezatuka

Reiz dzīvoja trīs ļoti izsalkuši Āzīši, kurus sauca par Skarbulīšiem. Viņi dzīvoja augsta, augsta kalna nogāzē. Āzīši bija apēduši visu zaļo, zaļo zāli, un viņiem vajadzēja atrast citu ēdienu.

Once there were three very hungry billy goats called Gruff. They lived on the side of a steep, steep hill. The Billy Goats Gruff had eaten all the green, green grass and needed to find some food.

Zemāk ielejā Āzīši Skarbulīši redzēja svaigu, zaļu zāli, bet lai to sasniegtu, viņiem vajadzēja pāriet pāri tiltam. Un zem šī tilta dzīvoja ļauns un izsalcis....

In the valley below the Billy Goats Gruff could see the fresh green grass, but to reach it they had to cross over a bridge.
And under that bridge lived a mean and hungry ...

TROLLIS!

TROLL!

„Esmu izsalcis!" teica pirmais Āzītis Skarbulītis. „Un es ēdīšu to svaigo, zaļo zāli!" Pārējie Āzīši pat nepaguva acis pamirkšķināt, kad viņš jau bija gabalā. **Dipu-dap, dipu-dap** – Āzītis aizdipināja pāri tiltam, kad...

"I'm hungry!" said the first Billy Goat Gruff. "And I'm going to eat that fresh green grass," and before the others could stop him, off he ran. **Trip trap, trip trap** across the bridge he went when ...

Pēkšņi kāda balss ierūcās: ,,Kurš **dipina-dapina** pa **manu** tiltu?"
,,Tas esmu tikai es," smalkā, drebošā balstiņā atsaucās jaunākais Āzītis Skarbulītis.

a voice roared: "Who's that **trip trapping** on **my** bridge?"
"It's only me," said the youngest Billy Goat Gruff, in a tiny, trembling voice.

,,Tā! Es esmu ļauns un izsalcis, un es tevi apēdīšu!" Trollis norūca.
,,Lūdzu, neēd mani. Es esmu pavisam mazs un kaulains. Man ir brālis, kurš ir daudz lielāks nekā es," lūdzās jaunākais Āzītis Skarbulītis.

"Well, I'm mean, and I'm hungry and I'm going to eat you up!" growled the Troll. "Please, don't eat me. I'm only little and thin. My brother is coming and he's much much bigger than me," pleaded the youngest Billy Goat Gruff.

,,Tiesa gan, no tevis tikai kauli un āda vien ir," piekrita Trollis. ,,No gaļas ne vēsts. Es pagaidīšu tavu lielāko brāli."
Un tā pirmais Āzītis Skarbulītis tika pāri tiltam un sāka mieloties ar svaigo, zaļo zāli.

"Well yes, you *are* all skin and bones," agreed the Troll. "There's no meat on you. I'll wait for your bigger brother."
So the first Billy Goat Gruff crossed over the bridge and started to eat the fresh green grass.

Otrais Āzītis Skarbulītis teica: „Ja mans mazais brālis varēja tikt pāri tiltam, kāpēc lai es to nevarētu!"
Dipu-dap, dipu dap – Āzītis aizdipināja pāri tiltam, kad...

The second Billy Goat Gruff said, "If my little brother can cross the bridge, then so can I!"
Trip trap, trip trap across the bridge he went when ...

Pēkšņi kāda balss ierūcās: ,,Kurš **dipina-dapina** pa **manu** tiltu?"
,,Tas esmu tikai es," klusā, nedrošā balsī atbildēja vidējais Āzītis Skarbulītis.

a voice roared: "Who's that **trip trapping** on **my** bridge?"
"It's only me," said the middle Billy Goat Gruff, in a small, scared voice.

,,Tā! Es esmu ļauns un izsalcis, un es tevi apēdīšu!" Trollis norūca.
,,Lūdzu, neēd mani. Es esmu pavisam mazs un kaulains. Man ir brālis, kurš ir daudz daudz lielāks nekā es," lūdzās vidējais Āzītis Skarbulītis.

"Well, I'm mean, and I'm hungry and I'm going to eat you up!" growled the Troll.
"Please don't eat me. I'm only little and thin. My other brother is coming and he's much much bigger than me," pleaded the middle Billy Goat Gruff.

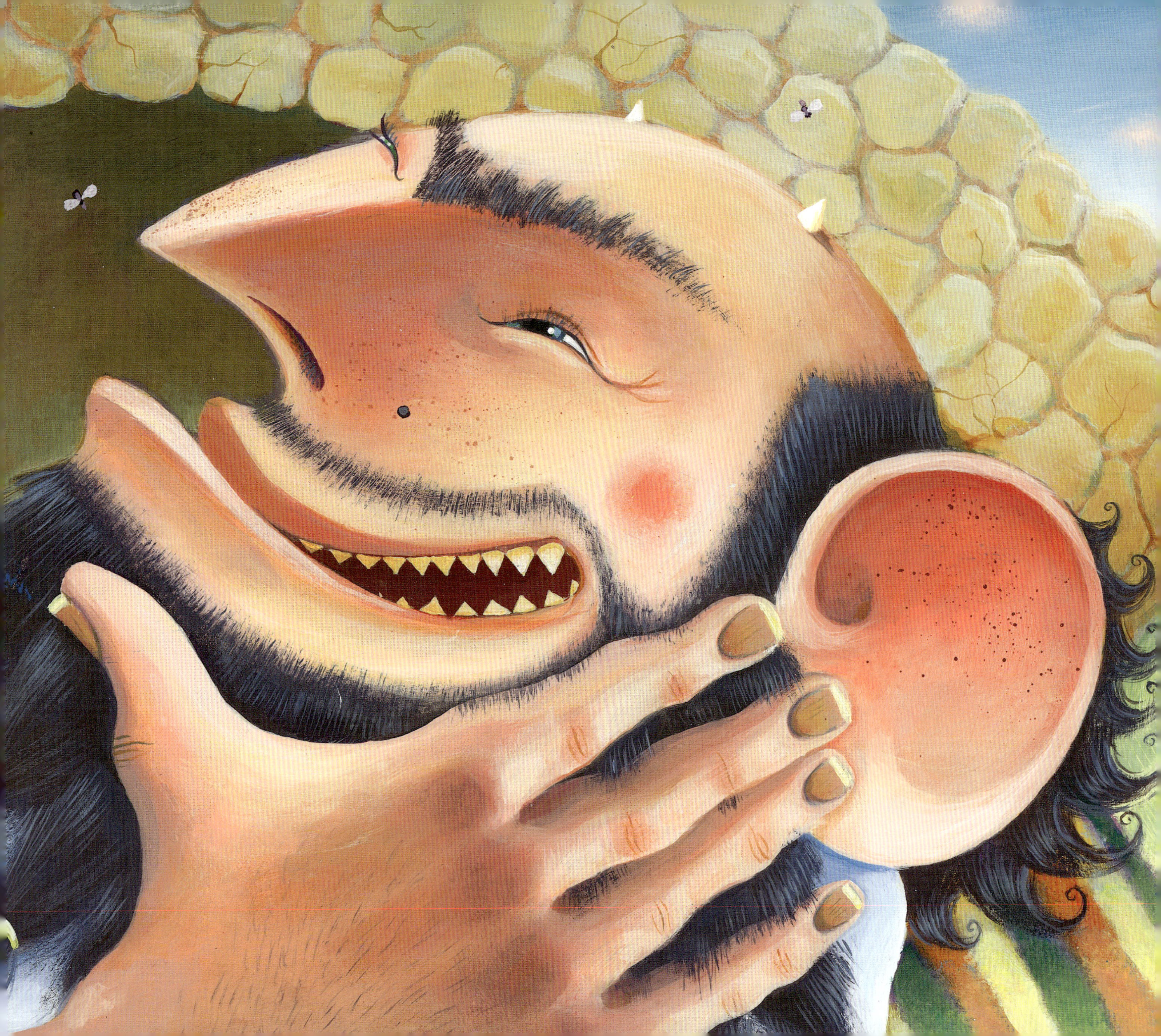

,,Tiesa gan, no tevis tikai kauli un āda vien ir," piekrita Trollis. ,,Uz tevis nav ne kripatiņas gaļas. Es pagaidīšu tavu lielāko brāli."
Un tā otrais Āzītis Skarbulītis tika pāri tiltam un sāka mieloties ar svaigo, zaļo zāli.

"That's true, you *are* all skin and bones," agreed the Troll. "There's not enough meat on you. I'll wait for your bigger brother."
So the second Billy Goat Gruff crossed over the bridge and started to eat the fresh green grass.

Jau divi Āzīši mielojās ar svaigo zāli zaļajā pļavā, un tikai viens Āzītis vēl nebija tur ticis. Kā gan pēdējam – vecākajam Āzītim tikt pāri tiltam?

Now there were two billy goats in the fresh green meadow and one very hungry billy goat left behind.
How could the third and oldest Billy Goat Gruff cross over the bridge?

„Hmm," nodomāja vecākais Āzītis Skarbulītis. „Ja abi brāļi tika pāri tiltam, kāpēc gan lai es to nevarētu?"
Dipu-dap, dipu-dap - Āzītis aizdipināja pāri tiltam, kad...

"Well," thought the third Billy Goat Gruff, "if the others can cross that bridge then so can I!"
Trip trap, **trip trap** across the bridge he went when ...

Pēkšņi kāda balss ierūcās: „Kurš dipina-dapina pa manu tiltu?"
„Tas esmu es!" nokliedzās vecākais Āzītis Skarbulītis. „Es esmu liels un stiprs, un es no tevis nebaidos!" Patiesībā viņš baidījās gan!

a voice roared: "Who's that **trip trapping** on **my** bridge?"
"It's me!" bellowed the oldest Billy Goat Gruff. "And I'm big, and I'm strong, and I'm not scared of you!" - although he really was.

„Tā! Es esmu ļauns un izsalcis, un es tevi apēdīšu!" Trollis norūca.
„Tā tikai tu domā!" teica vecākais Āzītis Skarbulītis. „Tu varbūt esi ļauns un izsalcis, bet, ja tu gribi mani apēst, tad nāc un noķer mani!"

"Well, I'm mean, and I'm hungry and I'm going to eat you up!" growled the Troll.
"That's what you think!" said the oldest Billy Goat Gruff. "You may be mean, and you may be hungry. But if you want to eat me, come and get me."

Trollis uzrāpās uz tilta un steidzās pretim trešajam Āzītim Skarbulītim.

The Troll climbed onto the bridge and rushed towards the third Billy Goat Gruff.

Bet trešais Āzītis Skarbulītis bija tam sagatavojies. Viņš nolieca zemāk savus radziņus, nodipināja nadziņus… **dipu-dap, dipu-dap**… un devās Trollim uzbrukumā.

But the third Billy Goat Gruff was ready for him. He lowered his horns, he stamped his hooves … **trip trap, trip trap** … and charged towards the Troll.

Trešais Āzītis Skarbulītis badīja
ļauno un izsalkušo Trolli ar saviem lielajiem, asajiem ragiem.

The third Billy Goat Gruff butted that mean and hungry Troll with his big sharp horns.

Trollis aizlidoja pa gaisu un ar lielu plunkšķi iegāzās aukstajā ūdenī.

The Troll went flying through the air and landed with a mighty splash, in the cold, cold water.

Dziļā upe aiznesa ļauno un izsalkušo Trolli uz jūru, un kopš tā laika neviens viņu vairs netika redzējis.

The deep, deep river carried the mean and hungry Troll out to sea and he was never seen again.

VAI VARBŪT TOMĒR KĀDS IR REDZĒJIS?

OR WAS HE?

Tagad trīs Āzīši Skarbulīši vairs nav izsalkuši. Viņi var ēst
tik daudz svaigās, zaļās zāles, cik lien viņu vēderos.
Un viņi var arī **dipināt** pāri tiltam, kad vien vēlas.

Now the three Billy Goats Gruff aren't hungry anymore.
They can eat as much fresh green grass as they want.
And they can **trip trap** across the bridge whenever they like.

For Debbie, Sara, Katey, Jimbo, Rob & all the trolls!
H.B.

To Mum, Dad, Laura & David
R.J.

First published in 2001 by Mantra Lingua
Global House, 303 Ballards Lane, London N12 8NP
www.mantralingua.com

Text copyright © 2001 Henriette Barkow
Illustration copyright © 2001 Richard Johnson
Dual language text copyright © Mantra Lingua
Audio copyright © 2008 Mantra Lingua

This sound enabled edition published 2014

All rights reserved
A CIP record for this book is available from the British Library

Printed in UK